Poemas mais ou menos de amor

& outros poemas

Diane di Prima

Poemas mais ou menos de amor

& outros poemas

Organização e tradução:
Fernanda Morse

jabuticaba

Dados Internacionais de Catalogação na Publicação (CIP) de acordo com ISBD

P952p Prima, Diane di

Poemas mais ou menos de amor & outros poemas / Diane di Prima ; organizado e traduzido por Fernanda Morse. - São Paulo : Edições Jabuticaba, 2022.
100 p. ; 14cm x 21cm

Inclui índice
ISBN: 978-65-00-44395-0

1. Literatura americana. 2. Poesia.
I. Morse, Fernanda. II. Título.

CDD 811
2022-1286 CDU 821.111(73)-1

Elaborado por Vagner Rodolfo da Silva - CRB-8/9410

Índice para catálogo sistemático:
Literatura americana : Poesia 811
Literatura americana: Poesia 821.111(73)-1

Revisão: Mariana Ruggieri e Marcelo Lotufo
Design miolo: Pedro Spigolon
Design e imagem da capa: Nina Halévy Guedes

ISBN 978-650044395-0

Edições Jabuticaba
www.ediçõesjabuticaba.com.br
www.facebook.com.br/Edjabuticaba
instagram: @livrosjabuticaba

SUMÁRIO

Você encontrará uma poeta aqui

Querido,
quando você irromper
você encontrará
uma poeta aqui
nada que alguém escolheria.

Canção para meu bebezinho, por nascer

Diane di Prima nasceu em 6 de agosto de 1934, no Brooklyn, NY, filha de pai e mãe descendentes diretos de italianos. A sua infância foi marcada pelo espectro da Segunda Guerra Mundial – Hiroshima aconteceu no dia do seu aniversário de 11 anos. É iniciada na literatura, nas artes e nos mistérios alquímicos da existência pelo seu avô Domenico Mallozzi, para quem escreve "Poema de aniversário pro meu avô no dia da mentira", presente nesta antologia. Em 1951, começa a estudar no Swarthmore College, na Pensilvânia, mas aos poucos vai se frustrando com a experiência na Universidade, que via como um ambiente estéril, elitista, antiquado, sexista – em suma, incompatível com tudo o que aspirava ser: uma jovem poeta libertária. Assim, abandona os estudos formais e muda-se em 1953 para o bairro de Greenwich Village, em Nova York, gesto que marca o início da sua carreira artística. Como poeta, não era nem fama, nem prestígio, nem dinheiro o que di Prima buscava: era a liberdade. A liberdade de não fazer parte de uma sociedade que desprezava: "Ao nos colocarmos de fora, nós sentíamos que aquelas não eram nossas guerras, nossos assassinatos, nossos erros"[1].

1 Diane di Prima, *Recollections of my life as a woman*, Penguin, 2002, p. 102, tradução nossa.

Comumente identificada como uma poeta *beatnik*, esta definição nem sempre se aplica ao seu estilo e temática, ainda que tenha compartilhado com a chamada Geração Beat toda a vivência de uma época. Os anos que passa em Manhattan, sobretudo entre 1955 e 1965, são repletos de experimentações e descobertas tanto artísticas quanto pessoais, o que se reflete em uma escrita que não separa o literário do vivido. A sua experiência enquanto mulher-escritora-mãe, como podemos ver em diversos poemas aqui traduzidos, se faz muito presente em sua produção, e é neste período que dá à luz três dos seus cinco filhos: Jeanne, Dominique e Alexander. Em 1958, um ano depois do nascimento de Jeanne, di Prima lança seu primeiro livro, *This Kind of Bird Flies Backward*, uma recolha com poemas escritos desde 1953, lançada pela editora independente Aadvark Press, formada basicamente por uma dupla de amigos que a poeta conhecia. Di Prima participou ativamente de todo o processo de edição e distribuição da obra, traço de um período em que os artistas, em um afã de renovação tanto das formas de vida quanto dos modos de produção capitalista, buscaram autonomia em seus processos criativos e na comercialização de seus trabalhos.

Neste período, Diane di Prima trabalhava em livrarias e afins para se manter financeiramente e continuar escrevendo. Em fevereiro de 1960, o escritor LeRoi Jones (que passou a se chamar Amiri Baraka a partir de 1968, quando se converteu ao islamismo) entrou definitivamente em sua vida, encontro que culminou no nascimento de sua filha Dominique, em 1962. Para ele di Prima escreveu muitos poemas, por vezes estabelecendo diálogos com a sua produção. Alguns estão em nossa recolha, como "A festa", "Blecaute", "Para o conferencista morto" e "Para o fantasma do conferencista, há muito morto".[2] No fim do mesmo ano em que conhece Jones, publica seu primeiro livro em prosa: *Dinners and Nightmares*, pela Corinth Books.

No ano seguinte, em 1961, Jones e Diane começam a editar a newsletter semimensal de poesia chamada *The Floating Bear*,[3] que soma ao todo 37 números publicados entre 1961 e 1969 e uma edição extra de 1971 chamada *Intrepid-Bear Issue*,[4] para a qual escritores como Frank O'Hara, Charles Olson, John Ashbery, Robert Creeley e Michael McClure contribuíram com seus textos. É curioso notar como di Prima por vezes era a única mulher a figurar nesse meio e nessas publicações. Logo, ao atuar como editora da revista, exercia um poder que não era difundido entre escritoras e artistas no cenário da época. Ao mesmo tempo, tal articulação não se convertia em um proporcional reconhecimento do seu trabalho enquanto escritora. Em certa altura de seu livro de memórias *Recollections of my Life as a Woman* (2001), ela comenta a ocasião em que vários de seus pares, como Allen Ginsberg, LeRoi e Joel Oppenheimer, participaram de uma conferência para a qual ("evidentemente", ela diz) não fora convidada:

2 "todos eles eram poemas substanciais, em que longas linhas cantavam, e eu não buscava entender as imagens que dançavam nas páginas. (...) LeRoi e eu começamos um diálogo – quase sempre doloroso – em nossos poemas, que se estendeu por vários anos (...)" Ibidem, p. 222, tradução nossa.

3 Na época, di Prima lia *Winnie The Pooh* para a sua filha e o nome do barco do personagem principal tornou-se, então, o título da publicação.

4 Depois dos 21 números lançados no ano de 1961, o fluxo de publicação diminuiu principalmente a partir do momento em que di Prima deixa NY, em 1962, para viver durante alguns meses em Topanga Canyon, LA com Alan Marlowee. Em 1963, Jones deixa a edição da newsletter e di Prima a mantém por alguns anos com ajuda de amigos, em um ritmo de publicação mais esparso.

> Não achei estranho na época, quase nunca me chamavam para participar de eventos literários, embora eu publicasse com todos eles nos mesmos lugares, trabalhasse lado a lado com os homens que lançavam revistas e livros, lesse aqui e ali com eles no East Side ou no Village. Como mulher, eu era invisível.[5]

A consciência dessa desigualdade aparece em sua escrita ora de forma sutil, ora de forma acertadamente combativa, como no poema "A prática da evocação mágica". Mesmo diante de tamanha invisibilização, di Prima jamais deixou de escrever, nem abriu mão do seu posicionamento pouco convencional, reconfigurando a ideia de maternidade e do feminino. Uma anedota trazida em outro momento do *Recollections*... evidencia esse embate. A escritora conta uma situação vivida com Jack Kerouac em um encontro entre vários escritores na casa de Allen Ginsberg no fim dos anos 1950. Para estar ali, teve de pedir a ajuda de uma amiga que só poderia ficar com sua filha bebê até onze e meia da noite. Ao se despedir dos colegas perto desse horário e explicar a situação, ouviu a seguinte resposta de Kerouac, que cita e comenta:

> Eu disse a todos que havia prometido à minha baby-sitter que ela estaria livre às onze e meia da noite. No que Jack Kerouac se vira, um cotovelo apoiado no linóleo, e declara com voz retumbante: "DI PRIMA, SE NÃO ESQUECER DA SUA BABYSITTER, VOCÊ NUNCA SERÁ UMA ESCRITORA".
>
> Refleti cuidadosamente sobre tal comentário, naquele momento e depois, e permiti que ao menos uma parte de mim achasse que ele estava certo. Mas mesmo assim levantei-me e voltei pra casa. Eu tinha dado minha palavra à minha amiga, e a cumpriria. Talvez eu nunca me tornasse uma escritora, mas tinha que arriscar. Esse era o risco encoberto (como um

5 Diane di Prima, op. cit., p. 238, tradução nossa.

enigma chinês) por um outro risco: será que posso ser mãe solo e poeta?[6]

A sua relação com a arte era uma escolha de vida, ultrapassando anseios por reconhecimento imediato e inserção.

Em 1961, funda o *The New York Poets Theatre* com um grupo de amigos que se dividia mais ou menos assim: John Herbert McDowell nas composições musicais; James Waring (com quem já havia trabalhado no *Living Theatre* no ano anterior) na coreografia e nas peças; danças por Fred Herko; textos por LeRoi Jones e ela mesma; e administração por Alan Marlowee (além de outros amigos com os quais colaboravam a cada projeto). No espaço chamado *Off-Bowery Theatre*, localizado na East Tenth Street, apresentaram diversas peças experimentais e performances em que eram desde montadores a atores, como *The Discontent of the Russian Prince*, de di Prima; *The Pillow*, de Michael McClure e *The System of Dante's Hell*, de LeRoi Jones.

No mesmo ano, di Prima visita a Costa Oeste e se apaixona por São Francisco. Essa experiência é determinante, já que a partir de 1968 a poeta se muda de vez para lá e tal trânsito implica em diversas transformações na sua vida e na sua produção. Em 1962, quando decide realizar uma cerimônia de casamento com Alan Marlowee, que passara de amigo a seu companheiro, di Prima conhece Shunruyu Suzuki Roshi, um mestre Zen que lhe abre definitivamente as portas dessa filosofia. O seu misticismo, a partir de então, se desenvolverá e assumirá um papel cada vez mais decisivo em seu percurso. A admiração por Suzuki lhe despertou para novos planos e direcionamentos em um momento em que se via perdida, cheia de dúvidas sobre a sua escrita e sobre caminhos a seguir.

6 Ibidem, p. 202, tradução nossa.

Tais dúvidas pareciam ser compartilhadas por toda uma geração que vivia o tempo presente vislumbrando o futuro a duras penas, já que nem sempre parecia que ele existiria. O futuro enfraquecido trazia uma urgência ao presente que implicava também em certo abuso dos limites do corpo e do quanto ele poderia dar ao "agora". A morte de Freddie Herko em 1964, que saltou, delirante, pela janela, torna-se, para a poeta, um emblema dos limites dessa exigência que se fazia ao corpo. E o mundo que se abrira para Diane di Prima em 1962 com Shunruyu Suzuki justamente redimensionava e reordenava a experiência temporal e corpórea – a presença do espírito entre o tempo e a matéria operaria tal interseção. Ainda no ano de seu casamento, lança pela Auerhahn Press seu livro *The New Handbook of Heaven*.[7]

Em 1965, di Prima compra uma impressora potente e realiza, em suas palavras, seu "sonho anarquista", criando a Poets Press, uma editora independente baseada na colaboração da poeta com os seus pares: Audre Lorde, por exemplo, publica seu primeiro livro intitulado *The First Cities*, em 1968, editado por di Prima. Logo depois de criar a editora, volta-se cada vez mais para um estilo de vida zen que aponta para a sua partida definitiva de Manhattan. O seu interesse por saberes ancestrais une os seus estudos da alquimia renascentista à sua imersão no zen-budismo. Ao fim de 1965, instala-se por alguns meses em um centro de retiro espiritual chamado Rammurti Mishra's Ananda Ashram, em Monroe, NY, e em 1966 muda-se para Kerhonkson com a família, onde escreve seu *Kerhonkson Journal* e inúmeros poemas – como o "Primeira

7 Sobre o livro: "Foram sobretudo os poemas que eu tinha escrito enquanto LeRoi e eu estávamos juntos, e pensei nesse trabalho como o meu livro de poemas de amor para ele" Ibidem, p. 340, tradução nossa.

nevada, Kerhonkson", presente nesta antologia; edita livros pela Poets Press e toma seu rumo para o Oeste.

É interessante notar que, no caso de Diane di Prima, o seu crescente movimento em direção a um "trabalho espiritual" não implicou em um abandono do corpo a corpo, do contato com o outro. Pelo contrário: um de seus trabalhos mais radicais em termos políticos foi realizado em concomitância com essas investigações ao instalar-se em São Francisco e unir-se aos The Diggers. Eles eram um grupo de teatro e atuação política que distribuía comida gratuita e realizava *happenings* nas ruas buscando interpelar os passantes e questioná-los sobre a sua realidade quotidiana e política. Para essas ações públicas, Diane entendeu que os poemas que escrevera até então não eram dotados de um tom adequado para que fossem lidos em voz alta e causassem impacto. Seria necessário escrever poemas diretamente convocatórios: assim nasceram as *Revolutionary Letters*, cuja primeira seleção em livro foi publicada em 1968, de modo independente, em uma edição que incitava a pirataria a partir de mensagens como "Poemas livres. Sem copyright. Podem ser reproduzidos por qualquer um". A obra conta com diversas reedições que agregam novos poemas, sendo a última versão expandida publicada em 2021, após a morte da autora, pela City Lights, editora fundada pelo seu amigo e poeta Lawrence Ferlinghetti. A escolha por chamar esses poemas convocatórios de "cartas" evidencia a intenção de se estabelecer um diálogo e aproximar-se daquele que ouve ou que lê.

O caminho que di Prima tomou a partir da sua ida para o Oeste, dando oficinas e aulas e fundando institutos e coletivos tanto sobre poesia quanto sobre "cura mágica" – em 1983, ela funda o San Francisco Institute of Magical and Healing Arts com Janet Carter, Carl Grundberg e Sheppard Powell, seu companheiro que conhecera em 1977 e com quem seguiu casada até a sua morte –, demonstra, assim, uma preocupação que transpassava a sua poética. A saber: manter-se em contato com o outro, na contramão do isolamento e do ensimesmamento na busca por um "mundo próprio", ainda que se dedicasse aos mistérios e às profundezas do espírito. Atrelada a essas investigações de uma espécie de universo simultaneamente mundano e místico, a escrita de sua obra mais robusta e complexa se inicia: *Loba.* Di Prima começou a compor o poema "Ave", que se tornou a abertura do livro, em dezembro de 1971 – na época, ainda não tinha a intenção de dar ao trabalho as dimensões que tomou. O poema-título, "Loba", foi escrito poucos meses depois, e seu nome tem como referência um poema de Ezra Pound,[8] escritor que exerceu grande influência sobre di Prima e com o qual dialoga em diversos textos, entre eles "2 de novembro de 1972" e "Ode à elegância" aqui presentes. *Loba* veio a público em várias edições, através das quais se expandia e se modificava: Loba Part I (1973), Loba as Eve (1975), Loba Part II (1976), Loba Parts I-VIII (1978) – e a última edição, que contém os livros I e II, foi publicada pela Penguin em 1998. Nessa espécie de épico da entidade feminina figurada como loba, Diane di Prima explora os limites da passagem do corpo ao espírito e vice-versa, escrevendo um grande poema mítico que consegue ser, ao mesmo tempo, transcendental e atado à terra. No livro

8 "Di Prima extraiu o título Loba do poema trovadoresco de Ezra Pound 'Piere Vidal Old' (1909). Pound nos diz na abertura que seu poema tratará de 'Piere Vidal, o tolo por excelência de toda a Provença, de quem a história conta como ele corria, como lobo, por causa de seu amor por Loba de Penautier'. (...) Di Prima reconta os mitos que nos foram contados sobre as mulheres, afirmando que as mulheres devem reivindicar todas as suas potencialidades como seres humanos criativos". David Stephen Calonne, *Diane di Prima: Visionary Poetics and the Hidden Religions*, Bloomsbury Academic, 2019, p. 85, tradução nossa.

I, vemos sobretudo a influência de seus estudos e pesquisas sobre o gnosticismo e o cristianismo; já no livro II, explora as tradições do budismo tibetano, o mito da deusa indiana Kali, assim como do deus Toth, do Egito antigo.

Ao longo das décadas de 1980 e 1990, di Prima continuou se dedicando à escrita e às suas pesquisas e práticas esotéricas. Em 1980, criou um programa de pós-graduação em Poéticas no New College of California em parceria com Robert Duncan, Duncan MacNaughton, David Meltzer e Louis Patler. Dentro desse programa, ensinou sobre as tradições herméticas na poesia até 1987. Passou a trabalhar, em 1981, de forma privada como terapeuta aplicando seus aprendizados sobre budismo, meditação e mediunidade. Em 1990, publicou pela editora City Lights a coletânea *Pieces of a Song*, a principal fonte de onde retiramos os poemas selecionados para a nossa tradução[9]. Ao longo da década de 1990, entre os seus principais projetos estavam: completar o livro II de *Loba*, o que resultou na publicação de 1998, e desenvolver o já mencionado *Recollections of My Life as a Woman* (2001). Em 2009, di Prima foi nomeada Poeta Laureada de São Francisco, um reconhecimento da cidade que ela chamava de seu "verdadeiro lar". Desde 2010 a sua saúde tornou-se cada vez mais debilitada e a escritora enfrentava, entre outras coisas, a doença de Parkinson e a síndrome de Sjögren. Passou os últimos anos de sua vida em uma casa de repouso onde seguiu lendo, escrevendo e trabalhando nos seus manuscritos, que são muitos – em 2010, listou quatorze no total. Diane di Prima morreu na manhã de 25 de outubro de 2020, "em paz, sem medo e acompanhada do seu amado marido Sheppard",

9 São poucos os poemas que selecionamos de outros livros: "Carta revolucionária #2" e "Carta revolucionária #19", retirados da edição de 2005 das *Revolutionary Letters*; "Audre Lorde", "2 de novembro de 1972" E "Poema de viagem para Shep", retirados do livro *The Poetry Deal* (2014).

segundo nota publicada pela sua filha Dominique di Prima. Daqui, aguardamos a chegada das suas tantas obras inéditas.

A tradução destes poemas começou por um desejo de aproximação. Lendo *Pieces of a Song* (1990), antologia que a própria Diane di Prima organizou, eu marcava a lápis, como de costume, meus poemas preferidos. Ao passo que ia e voltava neles, interpelada por estranhamento e fascínio, de repente me via esboçando uma tradução ali na página mesmo. Você, leitor, também vai me encontrar aqui – mas antes de tudo quero que descubra, ainda que com um escopo tão modesto, o universo desta criadora impetuosa. A coletânea, então, traz poemas que de certo modo abarcam a complexidade formal e temática presente na obra de di Prima. A ordem dos textos segue uma correspondência entre tema e estilo, não sendo necessariamente cronológica, assim como a poeta fez na antologia que organizou. Diane di Prima viveu para a escrita e pela liberdade, e toda essa coragem desponta de seus versos.

Fernanda Morse

MORE OR LESS LOVE POEMS

*

they all say
you're lovely
but everytime I look
the sun
(or something else)
gets in my eyes

*

Yeah that was
once in a lifetime
baby

you gotta be clean and
with new shoes
to love like I loved you

I think it won't happen again

*

damn you
lovely
you come and go
like rivers
which makes it hard
on rocks

POEMAS MAIS OU MENOS DE AMOR

*

todos dizem
que você é um charme
mas sempre que eu olho
o sol
(ou alguma outra coisa)
entra nos meus olhos

*

É aquilo foi
coisa de uma vez na vida
baby

você tem que estar limpo e
de sapatos novos
para amar como eu te amei

acho que isso não se repete

*

seu maldito
charmosinho
você vem e vai
como o rio
perturbando
as pedras

*

In case you put me down I put you down
already, doll
I know the games you play

In case you put me down I got it figured
how there are better mouths than yours
more swinging bodies
wilder scenes than this.

In case you put me down it won't help much.

*

In your arms baby
I don't feel no
spring in winter
But I guess I can do
without
galoshes.

In your arms baby
I don't hear no
angels sing
but maybe I forget
to turn on
the phonograph.

*

Se você me largar eu te largo
já larguei, boneco
conheço os seus joguinhos

Se você me desprezar eu já percebi
como tem bocas melhores que a sua por aí
corpos mais envolventes
cenas mais selvagens que essa.

Se você me largar não vai dar em nada.

*

Nos seus braços baby
não sinto nenhuma
primavera no inverno
Mas acho que consigo
me virar sem
galochas.

Nos seus braços baby
não ouço nenhum
anjo cantar
mas talvez eu esqueça
de ligar
o fonógrafo.

*

your tongue
explodes
like a jailbreaks
in my head

*

No aperture of your body I do not know
no way into your gut I have not studied

so now
we pause for this finesse
silk at your temples
and
in the hollow of your neck
a tongue
goes gently

*

I hope
you go thru hell
tonight
beloved.
I hope
you choke to death
on lumps of stars
and by your bed a window
with frost
and moon on frost and

*

sua língua
estoura
como uma rebelião
na minha cabeça

*

Não há brecha em seu corpo que eu não conheça
não há via pras suas entranhas que eu não estudei

então agora
nos detemos nessa delicadeza
seda em suas têmporas
e
no vão do seu pescoço
uma língua
suave passa

*

espero
que você atravesse o inferno
esta noite
amado.
espero
que você morra engasgado
com nacos de estrelas
e ao lado da sua cama uma janela
com gelo
e a lua na geada e

you want to scream
and can't
because
your woman is (I hope)
right there
asleep.

Baby I hope you never shut your eyes
so two of us
can pick up on
this dawn.

*

you are not quite
the air I breathe
thank god

so go.

*

you bet your life
next bedtime
I'll get even

I'll call your name wrong
and you'll think
it happened
accidental.

você quer gritar
e não pode
porquc
sua mulher está (espero)
bem ali
dormindo.

Baby espero que você nunca feche os olhos
assim nós dois
podemos captar
este amanhecer.

*

você não chega a ser
o ar que eu respiro
graças a deus

então vaza.

*

pode apostar que
na próxima noite
vou me vingar

vou confundir seu nome
e você vai achar
que foi
acidental.

*

the word you whispered
turned your hair
to snakes
and that star
your face
went nearly out

*

long gone that light behind you
gone
that light
that made the edges of your shoulders live
and kept your face a secret

*

for you
i would no longer pick
my so-pickable nose
or bite my delicious nails

for you i would fix my teeth
and buy a mattress

for you
I'd kill my favorite roach
that lives in the woodwork
by the drawing table

*

a palavra que você sussurrou
transformou seu cabelo
em serpentes
e aquela estrela
seu rosto
quase se extinguiu

*

lá se foi aquela luz por trás de você
se foi
aquela luz
que deu vida às bordas dos seus ombros
e manteve seu rosto em segredo

*

por você
eu não cutucaria mais
o meu nariz tão cutucável
nem roeria minhas unhas deliciosas

por você eu ajeitaria meus dentes
e compraria um colchão

por você
eu mataria a minha barata favorita
que vive entre os entalhes
da mesa de desenho

*

shuddering the dark
rocks us both in her arms
from her tongue red flowers spring
from between her thighs
the white gull flies, he moans, we spill aside
his highboned chest cuts forward
finds its rhythm
he pins with amorous wing the struggling
moon

*

So much of space between us two
We kiss the planets when we kiss
No closeness ever shuts this out
So much of space between us two

We kiss the planets when we kiss
And all the ether knows your hand
And dust from Saturn foils my tongue
So much black light caresses us

No closeness ever shuts this out
But mouth from shoulder, thigh from thigh
Explosive air unwinds our love
So distance holds, so love is safe

*

tremendo a escuridão
nos embala em seus braços
de sua língua jorram flores vermelhas
do meio de suas coxas
voa o pássaro branco, ele geme, nós nos derramamos
seu peito ossudo avança
encontra seu ritmo
ele espeta com asa libidinosa a lua
inquieta

*

Tanto espaço entre nós dois
Beijamos o cosmos quando nos beijamos
Nenhuma intimidade supera
Tanto espaço entre nós dois

Beijamos o cosmos quando nos beijamos
E todo o éter conhece a sua mão
E a poeira de Saturno cobre minha língua
Tanta luz negra nos afaga

Nenhuma proximidade supera
Mas de boca a ombro, coxa a coxa
O ar explosivo distende nosso amor
Então a distância se firma, e o amor está salvo

INFLUENCE (WOOING)

I am no
good at pleading, too proud and
awkward, my hands
know better how to ask, but how
w/ you so distant, look the leaves
are gold, remember August they were
green and we lay under them on earth

now we dwell
under roofs, we lie
side by side w/out touching
when I am
alone, my tears drop
thinking of winter

INFLUÊNCIA (CORTEJO)

Não sou
boa em apelos, orgulhosa demais e
desastrada, minhas mãos
sabem melhor como fazê-lo, mas como
c/ vc tão distante, olha as folhas
estão douradas, lembra em agosto elas eram
verdes e nós ficamos debaixo delas na terra

agora moramos
debaixo de tetos, nos deitamos
lado a lado s/ nos tocar
quando estou
sozinha, minhas lágrimas caem
pensando no inverno

THESE DAYS

For Bill Vitt

undisguisedly mirthful & given
to lavish dancing. Permanently
removed from concern abt my
kitchen. Love is a liquor that
warms the blood. It is useful
in that it stirs in me at dawn
& I see the mist burn off & the
waters still. Then the wind
rises. I don't call anyone, but
walk to the meadow w/ Rudi.
We float narcissus & stare
at whitened wood. When
we return, love is rousing as the
good Celebes coffee I brew
the stoneware cup tingles rough
under my fingers. Elton John
gives way to Monk when Alex
gets up. There are white caps
on the Bay & love is a taste
in my mouth, a fur
of light on my eyes.
Perhaps I'll call you later.
Perhaps I'll bump
over yr dirt road & visit
with the children.

ESSES DIAS

Para Bill Vitt

descaradamente serelepe & dada
a danças espevitadas. Definitivamente
longe de me preocupar c/
minha cozinha. O amor é uma bebida
que esquenta o sangue. É eficaz
quando se mexe em mim ao amanhecer
& eu vejo a névoa se dissipar & as
águas paradas. Então o vento
surge. Não chamo ninguém, só
ando para o prado c/ Rudi.
Boiamos como narcisos e olhamos
o campo todo branco. Quando
voltamos, o amor nos anima assim
como o bom café Celebes que passo
a xícara de cerâmica roçando áspera
sob meus dedos. Elton John
dá lugar a Monk quando Alex
levanta. O vento forma espumas
na Baía e o amor é um gosto
em minha boca, uma penugem
de luz em meus olhos.
Talvez eu ligue mais tarde.
Talvez eu chacoalhe
na sua estrada de terra & apareça
com as crianças.

I GET MY PERIOD, SEPTEMBER 1964

How can I forgive you this blood?
Which was not to flow again, but to cling joyously to my womb
To grow, and become a son?

When I turn to you in the night, you sigh, and turn over
When I turn to you in the afternoon, on our bed,
Where you lie reading, you put me off, saying only
It is hot, you are tired.

You picket, you talk of violence, *you draw blood*
But only from me, unseeded & hungry blood
Which meant to be something else.

MENSTRUAÇÃO, SETEMBRO DE 1964

Como perdoá-lo por esse sangue?
Que não deveria correr outra vez, mas agarrar-se feliz ao meu útero
para crescer, e virar um filho?

Quando me aproximo de noite, você suspira, e vira pro lado
Quando me aproximo de tarde, na nossa cama,
Onde você fica lendo, você me afasta dizendo
Que faz calor, que está cansado.

Você protesta, você fala de violência, *você tira sangue*
mas só o meu, infértil & faminto sangue
que deveria ser outra coisa.

REQUIEM

I think
you'll find
a coffin
not so good
Baby-O.
They strap you in
pretty tight.

I hear
it's cold
and worms and things
are there for selfish reasons

I think
you'll want
to turn
onto your side
your hair
won't like
to stay in place
forever
and your hands
won't like it
crossed
like that

I think
your lips
won't like it
by themselves

RÉQUIEM

acho
que você não vai
gostar muito
do caixão
Bebezinho.
Eles te amarraram
tão apertado

ouço dizer
que faz frio
e vermes e coisas assim
estão aí por razões egoístas

acho
que você vai querer
virar
pro seu outro lado
seu cabelo
não vai gostar
de ficar arrumado
pra sempre
e suas mãos
não vão gostar
de ficar cruzadas
assim

acho
que seus lábios
não vão gostar
de ficar sozinhos

SONG FOR BABY-O, UNBORN

Sweetheart
when you break thru
you'll find
a poet here
not quite what one would choose.

I won't promise
you'll never go hungry
or that you won't be sad
on this gutted
breaking
globe

but I can show you
baby
enough to love
to break your heart
forever

CANÇÃO PARA MEU BEBEZINHO, POR NASCER

Querido,
quando você irromper
você encontrará
uma poeta aqui
nada que alguém escolheria.

não prometo
que você nunca vai passar fome
ou que não se sentirá triste
neste mundo
desentranhado
rompido.

mas posso te mostrar
meu bebê
amor o suficiente
pra partir seu coração
pra sempre

THE PARTY

I

war is our carnival
	the scent of it
high in our nostrils
	like snow
	like coke
the tambourines, the eternal tight-rope walk
dogs bark at the river's edge
madonna lilies lurking in the corners

the evil fucking symmetry of it
stars have no symmetry, nor my hair let down
nor us, when we're making it
		like really making it
ghosts are not formal, tho they stand in doorways.
give me your hand, goddammit
GIVE ME YOUR HAND

the world cd end, or I cd slip off the edge
& you not know, the snow is so deep
like, where are you now, not here, and the air is falling
airstorm we're having, baby, not wind but air
I need another cloak
	yr fingertips
on my cheek
I NEED TO BE LOOKED AT
	be seen
& not twice a week
I'm not a Brancusi bird
		not self-sufficient

A FESTA

I

a guerra é nosso carnaval
        seu cheiro
no fundo de nossas narinas
        como neve
        como coca
os repiques, a eterna marcha na corda-bamba
cães ladram à beira do rio
lírios brancos à espreita pelos cantos

a porra dessa simetria maldita
estrelas não têm simetria, nem meu cabelo solto
nem nós, quando estamos trepando
                tipo trepando mesmo
fantasmas não são formais, ainda q fiquem nas entradas.
me dá a sua mão, merda
ME DÁ A SUA MÃO

o mundo poderia acabar, ou eu poderia escorregar da borda
& vc não saber, a neve é tão profunda
tipo, onde vc tá agora, ñ é aqui, e o ar está caindo
isso é uma tempestade de ar, baby, ñ de vento mas de ar
preciso de outra capa
        a ponta dos seus dedos
em minha bochecha
EU PRECISO SER OLHADA
        ser vista
& ñ duas vezes por semana
ñ sou um pássaro de Brancusi
                ñ sou autossuficiente

2

yr hand
peeling an orange
the green plant growing
          in the light
          in the window
the curtains slightly dirty
cabs move outside, their
                    lights (lanterns
tracing out the mist.
          what violence do we wait for?
at the table
          I cut a melon
          symmetrically in thirds
set one aside.

you are dressed in something you wd never wear
it is loose & ragged & very beautiful
a child
          plays naked on the floor
          the floor is clean
fruit trees are in the garden
I am happy

3

we turn the corner, go another way
cobbles/the lofts, the silent loading platforms
bums make a bonfire
                    I hold out my hand
but yrs are covered w/ rings
                    I have a bundle

2

sua mão
descascando uma laranja
a planta verde crescendo
            na luz
            na janela
as cortinas ligeiramente sujas
táxis se movem lá fora, suas
                luzes (lanternas
delineando a neblina.
              por qual violência esperamos?
na mesa
            corto um melão
            em três partes simétricas
reservo uma.

vc está vestindo algo q jamais usaria
é largo & esfarrapado & mt bonito
uma criança
            brinca pelada pelo chão
            o chão está limpo
tem árvores frutíferas no jardim
eu estou feliz

3

viramos a esquina, pegamos outro caminho
calçadas/apartamentos, silenciosas plataformas de carga
mendigos fazem uma fogueira
                  eu estendo a minha mão
mas as suas estão cheias de anéis
                  eu trago um pacote

you stop at a door
                                        I do not trust it
the bell
            has another name.
I put the bundle down, and walk away
my skirt swings,
                                        my high heels
a trolley clangs

            do you know what I'm trying to say
that we shall never have a bowl of goldfish
on a low table, where the sun comes in
this is the whole damned void, the chill,
                                        my way
to say goodbye

vc para numa porta
                    eu não acredito
a campainha
          tem outro nome.
ponho o pacote no chão, e vou embora
minha saia balança,
                    meu salto alto
um carrinho range

          vc sabe o que eu tô tentando dizer?
q nós nunca teremos um aquário c/um peixinho dourado
numa mesa baixa, onde bate sol
esse é todo o maldito vazio, o frio,
                    meu jeito
de dizer adeus

BLACKOUT

machinery has no part in it, what comes apart
here, in the air, makes no claim,
CAN NOT BE FIXED
the trees, dropping caterpillars
on our heads, which are upright w/ difficulty.

Children pull up the grasses, they spew out
a chorus of smells.   Your hands
                                        have aged this week
Just yr hands.   These things
                                        begin slowly.
My face has just tilted down, the weight of eyeballs
the grass smell, the smell of child spit, yr
hands. When I saw them, on my shoulder
a different person.
                                        and then the face
pressed to the window, the two hands
one on each side of it –

yr real hands out there, the fingertips pale
from pressing the glass.

Make more of diamonds.
          Not every day
do you find in the grass
          jewels, colored eggs
          the bones of chickens.
Excitement.
Try laughter.

BLECAUTE

maquinarias estão fora dessa, o que se desfaz
aqui, no ar, nada demanda,
NÃO TEM CONSERTO
as árvores, lagartas caindo
sobre nossas cabeças, que se erguem c/ dificuldade

Crianças puxam a grama, cospem
uma sinfonia de cheiros.   Suas mãos
                                            envelheceram essa semana
Só suas mãos.   Essas coisas
                                            começam devagar.
Meu rosto logo tombou, o peso dos olhos
o cheiro da grama, cheiro de cuspe de criança, suas
mãos. Quando as vi, no meu ombro,
outra pessoa.
                                            e então o rosto
contra a janela, as duas mãos
uma de cada lado –

eram mesmo as suas mãos ali fora, as pontas dos dedos
pálidas de pressionar o vidro.

Multiplicar diamantes.
            Nem todo dia
você acha na grama
            joias, ovos coloridos
            ossos de galinhas.
Entusiasmo.
Experimente rir.

Or a good, surprised, shout.
        Manlike.
The kind of yell that's heard in Alaska
Like velvet, like powdered snow, the skin on yr stomach
the skin on yr back. I fold my hands.
Under my cheek.
                    and take it all.
        What is offered and what is not.
Your laugh. Your hands at the window, waiting in.

Ou dar um bom, surpreso, grito.
          Que nem homem.
O tipo de grito que escutam do Alaska.
Como veludo, como neve em pó, a pele da sua barriga
a pele das suas costas. Eu junto as minhas mãos.
Sob a minha bochecha.
                                        e pego tudo.
          O que é oferecido e o que não é.
Seu riso. Suas mãos na janela, à espera.

APRIL FOOL BIRTHDAY POEM FOR GRANDPA

Today is your
birthday and I have tried
writing these things before,
but now
in the gathering madness, I want to
thank you
for telling me what to expect
for pulling
no punches, back there in that scrubbed Bronx parlor
thank you
for honestly weeping in time to
innumerable heartbreaking
italian operas for
pulling my hair when I
pulled the leaves off the trees so I'd
know how it feels, we are
involved in it now, revolution, up to our
knees and the tide is rising, I embrace
strangers on the street, filled with their love and
mine, the love you told us had to come or we
die, told them all in that Bronx park, me listening in
spring Bronx dusk, breathing stars, so glorious
to me your white hair, your height your fierce
blue eyes, rare among italians, I stood
a ways off looking up at you, my grandpa
people listened to, I stand
a ways off listening as I pour out soup
young men with light in their faces
at my table, talking love, talking revolution
which is love, spelled backwards, how

POEMA DE ANIVERSÁRIO PRO MEU AVÔ NO DIA DA MENTIRA

Hoje é o seu
aniversário e eu tentei
escrever essas coisas antes,
mas agora
em meio à loucura crescente, quero
agradecê-lo
por me dizer o que esperar
por não poupar
as palavras, lá naquela sala encerada do Bronx
agradecê-lo
por chorar abertamente durante
as inúmeras óperas italianas
desoladoras obrigada
por puxar meu cabelo quando
eu puxava as folhas das árvores assim
eu saberia o que elas sentiam, nós estamos
envolvidos nisso agora, revolução, até os
joelhos e a maré está subindo, eu abraço
estranhos na rua, repletos de amor, o deles
e o meu, o amor que você nos disse que deveria chegar
ou morreríamos, disse a todos eles naquele parque no Bronx, eu escutando
no anoitecer primaveril do Bronx, respirando estrelas, tão glorioso
para mim o seu cabelo branco, sua altura seus ferozes
olhos azuis, raros entre os italianos, eu ficava
de longe olhando pra você, meu vô
as pessoas ouviam, eu fico
de longe ouvindo enquanto derramo a sopa
jovens com luz em seus rostos
na minha mesa, falando amor, falando revolução
que é amor dito ao contrário, como

you would love us all, would thunder your anarchist wisdom
at us, would thunder Dante, and Giordano Bruno, orderly men
bent to your ends, well I want you to know
we do it for you, and your ilk, for Carlo Tresca,
for Sacco and Vanzetti, without knowing
it, or thinking about it, as we do it for Aubrey Beardsley
Oscar Wilde (all street lights
shall be purple), do it
for Trotsky and Shelley and big/dumb
Kropotkin
Eisenstein's Strike people, Jean Cocteau's ennui, we do it for
the stars over the Bronx
that they may look on earth
and not be ashamed.

você amaria todos nós, trovejaria a sua sabedoria anarquista
sobre nós, trovejaria Dante, e Giordano Bruno, homens disciplinados
inclinados aos seus fins, então quero que saiba
que fazemos isso por você e pela sua gangue, Carlo Tresca,
por Sacco e Vanzetti, sem saber
ou pensar sobre isso, assim como fazemos por Aubrey Beardsley
Oscar Wilde (todas as luzes da rua
devem ser roxas), fazemos
por Trotsky e Shelley e pelo grande/tolo
Kropotkin
pelos Grevistas de Eisenstein, pelo tédio de Jean Cocteau, fazemos isso
pelas estrelas que pairam sobre o Bronx
pra que elas possam olhar pra terra
sem sentir vergonha.

REVOLUTIONARY LETTER #2

The value of an individual life a credo they taught us
to instill fear, and inaction, 'you only live once'
a fog in our eyes, we are
endless as the sea, not separate, we die
a million times a day, we are born
a million times, each breath life and death:
get up, put on your shoes, get
started, someone will finish

Tribe
an organism, one flesh, breathing joy as the stars
breathe destiny down on us, get
going, join hands, see to business, thousands of sons
will see to it when you fall, you will grow
a thousand times in the bellies of your sisters

CARTA REVOLUCIONÁRIA #2

O valor da vida individual um lema ensinado
pra nos incutir medo, e inação, "você só vive uma vez"
névoa em nossos olhos, nós somos
infinitos feito o mar, inseparáveis, morremos
um milhão de vezes ao dia, nascemos
um milhão de vezes, vida e morte a cada sopro:
levante-se, calce os seus sapatos,
comece, alguém vai terminar

Tribo
um organismo, uma carne, soprando alegria como as estrelas
sopram em nós o destino
continue, dê as mãos, se encarregue do negócio, milhares de filhos
cuidarão disso quando você cair, você crescerá
milhares de vezes no ventre das suas irmãs

REVOLUTIONARY LETTER #19

(for The Poor People's Campaign)

if what you want is jobs
for everyone, you are still the enemy,
you have not thought thru, clearly
what that means

if what you want is housing,
industry
            (GE on the Navaho
            reservation)
a car for everyone, garage, refrigerator,
TV, more plumbing, scientific
freeways, you are still
the enemy, you have chosen
to sacrifice the planet for a few years of some
science fiction utopia, if what you want

still is, or can be, schools
where all our kids are pushed into one shape, are taught
it's better to be "American" than Black
or Indian, or Jap, or PR, where Dick
and Jane become and are the dream, do you
look like Dick's father, don't you think your kid
secretly wishes you did

if what you want
is clinics where the AMA
can feed you pills to keep you weak, or sterile

CARTA REVOLUCIONÁRIA #19

(para a Campanha dos Pobres)

se o que você quer é emprego
para todos, você ainda é o inimigo,
você não pensou, com clareza,
o que isso significa

se o que você quer é alojamento,
indústria
            (GE na reserva
            Navajo)
carro para todos, garagem, refrigerador
TV, mais encanamento, autoestradas
científicas, você ainda é
o inimigo, você escolheu
sacrificar o planeta por alguns anos de
uma utopia de ficção científica, se o que você quer

ainda é, ou pode ser, escolas
onde todas as nossas crianças são padronizadas, ensinadas
que é melhor ser "Americano" que preto
ou indiano, ou japonês, ou porto-riquenho, onde Dick
e Jane se tornam e são o sonho, você
se parece com o pai do Dick? não acha que
seu filho secretamente gostaria que sim?

se o que você quer
são clínicas em que a AMA
te dê pílulas pra te deixar fraco, ou estéril

shoot germs into your kids, while Merck & Co
grows richer

if you want
free psychiatric help for everyone
so that the shrinks
pimps for this decadence, can make
it flower for us, if you want
if you still want a piece
a small piece of suburbia, green lawn
laid down by the square foot
color TV, whose radiant energy
kills brain cells, whose subliminal ads
brainwash your children, have taken over
your dreams

degrees from universities which are nothing
more than slum landlords, festering sinks
of lies, so you too can go forth
and lie to others on some greeny campus

THEN YOU ARE STILL
THE ENEMY, you are selling
yourself short, remember
you can have what you ask for, ask for
everything

dispare germes em seus filhos, enquanto a Merck & Co
só enriquece

se você quer
auxílio psiquiátrico gratuito para todos
assim os psicólogos
cafetões dessa decadência, podem fazer
com que ela brote na gente, se você quer
se você ainda quer um pedaço
um pequeno pedaço do subúrbio, grama verde
contada em metros quadrados
TV colorida e uma energia radiante
que mata as células do cérebro e anúncios
subliminares que fazem lavagem cerebral nos seus filhos, dominaram
os seus sonhos

títulos de universidades que não são nada
além de senhorios de pocilgas, pias purulentas
de mentiras, onde te ensinam a continuar
mentindo pros outros em algum campus arborizado

ENTÃO VOCÊ AINDA É
O INIMIGO, você está se
subestimando, lembre-se
você pode ter aquilo que pede, peça
tudo

THE PRACTICE OF MAGICAL EVOCATION

The female is fertile, and discipline
(contra naturam) only
confuses her

– Gary Snyder

i am a woman and my poems
are woman's: easy to say
this.   the female is ductile
and
          (stroke after stroke)
built for masochistic
calm.   The deadened nerve
is part of it:
awakened sex, dead retina
fish eyes;   at hair's root
minimal feeling

and pelvic architecture functional
assailed inside & out
(bring forth)   the cunt gets wide
and relatively sloppy
bring forth men children only
                              female
                              is
                              ductile

woman, a veil thru which the fingering Will
twice torn
twice torn
               inside & out
the flow
what rhythm add to stillness
what applause?

A PRÁTICA DA EVOCAÇÃO MÁGICA

A fêmea é fértil, e a disciplina
(contra naturam) só
a confunde

– Gary Snyder

sou uma mulher e meus poemas
são de mulher: fácil falar
assim.   a fêmea é dúctil
e
          (golpe após golpe)
criada para uma calma
masoquista.   O nervo amortecido
faz parte dela:
sexo acordado, retina morta
olhos de peixe;   na raiz do cabelo
abalo mínimo

e a arquitetura funcional pélvica
por dentro & por fora atacada
(dá à luz)   a boceta se alarga
e meio molhada
só dá à luz filhos homens
                    a fêmea
                    é
                    dúctil

mulher, um véu pelo qual a Vontade dedada é
duas vezes rasgada
duas vezes rasgada
          por dentro & por fora
o fluxo
qual ritmo dar à inércia
qual elogio?

TRAVELLING, AGAIN

Tacoma Airport. I am met by poet-in-residence. Tall as in
        art council description, but where is the long blonde hair?
It is mousy brown & cut just below the ears.
If that is long hair in Tacoma, I've got something to worry about.
All the way into town I am watching the sky: it is lurid orange; result
of clouds & smog.

I am installed in five-story Motor Hotel
with a fine view of smokestacks polluting sky & bay. This is
                downtown Tacoma! We go for coffee
at a miserable greasy-spoon called Vern's.
One derelict at the counter, talking to himself. Waitress sweeping,
            getting ready to close.
The quaintness of grim America is lost on me. – I've seen it
        too many times? It's grimmer than quaint;

The young poet w/ me proceeds to describe w/ relish
how he was almost mugged in Kansas City. I want to shout
PAUL, THE QUAINTNESS OF GRIM AMERICA IS LOST –
but I listen & nod. He is from Denver. He tells me why all
            my poet friends in Denver
will never make it. He avoids mentioning
that they are all junkies, that's why they'll never make it.
He speaks w/ disdain of the beat jargon they write in
& I mentally check out my poems: wd he like them? He wdnt.

But *they* – they are noisy & junkies, they have guns
slung over their armchairs; they listen to King Pleasure records
while writing those out-of-date poems & I sit in Vern's
& long to be in their warm & chaotic houses, snorting coke

VIAJANDO, DE NOVO

Aeroporto de Tacoma. Sou recebida por um poeta residente. Magro como
descrito pelo conselho de arte, mas onde está o longo cabelo loiro?
É castanho amarelado e bate logo abaixo das orelhas.
Se isso é um cabelo longo em Tacoma, tenho com o que me preocupar.
Por todo caminho para a cidade olho o céu: é laranja berrante; mistura
de nuvens & poluição.

Sou instalada em um Motor Hotel de cinco andares
com uma bela vista da baía & das chaminés poluindo o céu. É este
o centro de Tacoma! Vamos tomar café
num pé sujo caído chamado Vern's.
Um zé-ninguém no balcão, falando sozinho. A garçonete varrendo,
se aprontando pra fechar.
O fascínio da América decadente acabou pra mim. – Já vi isso
muitas vezes? É mais decadente que fascinante;

O jovem poeta ao meu lado segue descrevendo c/ gosto
como ele quase foi assaltado em Kansas City. Eu quero gritar
PAUL, O FASCÍNIO DA AMÉRICA DECADENTE ACABOU –
mas eu ouço & assinto. Ele é de Denver. Ele me conta por que todos
os meus amigos poetas em Denver
nunca vão dar certo. Ele evita dizer
que são todos junkies, que é por isso que nunca vão dar certo.
Ele fala c/ desdém dos jargões beat que eles usam
& checo mentalmente meus poemas: ele gostaria? Não.

Mas *eles* – eles são junkies e barulhentos, eles têm armas
penduradas em suas poltronas; eles ouvem King Plesure
enquanto escrevem aqueles poemas antiquados & eu me sento no Vern's
e desejo estar nas suas casas quentes & caóticas, cheirando cocaína

going out in the mountain dark to talk to sleepy horses
shoot all the Milky Way into my arm

But the grimness of this quaint America is too much
for my skinny new friend here & we discuss something safe
like the weather, or William Stafford, and walk on back.

saindo no escuro da montanha pra falar c/ cavalos adormecidos
injetar toda a Via Láctea em meu braço

Mas a decadência desta América fascinante é demais
pro meu novo amiguinho magricelo & falamos sobre coisas seguras
tipo o clima, ou William Stafford, e voltamos pra casa.

FIRST SNOW, KERHONKSON

for Alan

This, then, is the gift the world has given me
(you have given me)
softly the snow
cupped in hollows
lying on the surface of the pond
matching my long white candles
which stand at the window
which will burn at dusk while the snow
fills up our valley
this hollow
no friend will wander down
no one arriving brown from Mexico
from the sunfields of California, bearing pot
they are scattered now, dead or silent
or blasted to madness
by the howling brightness of our once common vision
and this gift of yours –
white silence filling the contours of my life.

PRIMEIRA NEVADA, KERHONKSON

para Alan

É esse, então, o presente que o mundo me deu
(que você me deu)
devagar a neve
acomodou-se nos vãos
repousando na superfície da lagoa
combinando com minhas longas velas brancas
que ficam na janela
que queimarão ao anoitecer enquanto a neve
preenche o nosso vale
esse vão
nenhum amigo vai passar por aqui
ninguém chegando bronzeado do México
dos campos ensolarados da Califórnia, trazendo erva
estão todos dispersos agora, mortos ou mudos
ou doidos de tão chapados
pelo brilho uivante de nossa visão um dia partilhada
e esse presente seu –
silêncio branco preenchendo os contornos da minha vida.

NARROW PATH INTO THE BACK COUNTRY

For Audre Lorde

1

You are flying to Dahomey, going back
to some dream, or never-never land
more forbidding & perfect
than Oz. Will land in Western airport
noisy, small & tacky, will look around
for Oshun, as she stands
waiting for baggage. Well, we carry
pure-land paradise within, you carry
it to Dahomey, from Staten Island.

2

we endure. this we are certain of. no more.
we endure: famine, depression, earthquake,
        pestilence, war, flood, police state,
        inflation
ersatz food. burning cities. you endure,
        I endure. It is written
on the faces of our children. Pliant, persistent
        joy; Will like mountains, hope
that batters yr heart & mine. (Hear them shout)
And I will not bow out, cannot see
your war as different. Turf stolen from
        yours & mine; clandestine magics
we practice, all of us, for their protection.
That they have fruit to eat & rice & fish

CAMINHO ESTREITO PARA O CAMPO

Para Audre Lorde

1

Você está voando para Daomé, voltando
pralgum sonho, ou pra terra do nunca-nunca
mais proibida & perfeita
que Oz. Vai aterrissar num aeroporto do Oeste
barulhento, pequeno e fuleiro, vai procurar
por Oxum, enquanto ela permanece
esperando a bagagem. Bem, nós levamos
o paraíso da terra pura por dentro, você o leva
para Daomé, desde Staten Island.

2

nós resistimos. estamos certas disso. sem mais.
nós resistimos: fome, terremoto, depressão,
        peste, guerra, inundação, estado policial,
        inflação
comida ersatz. cidades em chamas. você resiste,
        eu resisto. Está escrito
no rosto de nossos filhos. Alegria elástica,
    persistente; a Vontade como montanhas, a esperança
que bate no seu coração e no meu. (Ouça-os gritar)
E eu não vou pular fora, não vejo
a sua guerra diferente da minha. Território tomado
        de você e de mim; praticamos magias
clandestinas, todas nós, para a proteção deles.
Pra que eles tenham fruta pra comer & arroz & peixe

till they grow strong.
(Remember the octopus we did not cook
Sicilian style/West African style – it fills
your daughter's dream)   I refuse
to leave you to yr battles, me to mine

my girl
chased white coyote, sister to my wolf
& not thru mesas.

3
how to get the food on the table
how to heal
what survives this whirlwind:
people and land. The sea
tosses feverish; screams in delirium.
To have the right herb drying in the kitchen:
your world & mine/ all others: not the Third
this is Fourth World going down, the Hopi say.
Yet we endure.

4
And more, we fly to light, fly into
pure-land paradise, New York
Dahomey, Mars, Djakarta, Wales
The willful, stubborn children carrying seed
all races; hurtling time & fine enough
fine-wrought enough for our joy.
For all our joy.

até ficarem fortes.
(Se lembra do polvo que não cozinhamos
à moda siciliana/oeste-africana – ele alimenta
os sonhos da sua filha)   Eu me recuso
a te deixar com as tuas batalhas, eu com as minhas

minha garota
coiote branca caçada, irmã da minha loba
& não pelas mesetas.

3
como colocar a comida na mesa
como curar
o que sobrevive a esse turbilhão:
povo e terra. O mar
se agita febril; grita em delírio.
Ter a erva certa secando na cozinha:
Seu mundo e o meu/ todos os outros: não o Terceiro
este é o Quarto Mundo caindo, dizem os Hopi.
Contudo, resistimos.

4
E mais, nós voamos para a luz, voamos
pro paraíso da terra pura, Nova Iorque
Daomé, Marte, Jacarta, País de Gales
Crianças persistentes, teimosas portando sementes
todas as raças; tempo de avançar & bom o suficiente
bem forjado o suficiente para nossa alegria.
Para toda a nossa alegria.

before you died you went to Mt. Pele
for the solar eclipse

you told me
you had an appointment

with the goddess

AUDRE LORDE

antes de morrer você foi para o Monte Pelée
para o eclipse solar

você me disse
que tinha um encontro marcado

com a deusa

NOVEMBER 2, 1972

(for Ezra Pound)

remember I visited you
            at "St. Liz"
yr civil talk; the ravings of madmen around you

you handed me stolen food as I left
saying "line those stomachs"
saying "poets have to eat"
and walked me courteously to yr door
and waited for the warden to unlock it.

2 DE NOVEMBRO DE 1972

(para Ezra Pound)

lembro que te visitei
em "St. Liz"
sua fala civilizada; os delírios dos loucos ao seu redor

você me deu comida roubada quando eu partia
dizendo "forrem esses estômagos"
dizendo "poetas têm que comer"
e me levou gentilmente à sua porta
e esperou que o vigia a destrancasse.

THE BANQUET

Your face is craggy as the Marin County hills
Ravaged yr eyes where meteorites
                                        fell trhu yr face
And yr skin smooth as waves
Flutters against my palm
Moves small
                    terror
                                                fills you
I suck
                    yr terror into my gut
I suck
                    yr passion
I drink yr tears

In the dry places I find yr anger
hard as stone.
It shines like steel
I cannot move against it.

I reach deep into you.
I pull it out. Your anger
        as large as your fist
We look at it together, lying there
        my thigh
Is against yr stomach. I want to sing
                        "O woman shapely as a swan
                                on yr account
                                I shall not die"

And the smooth stone from yr gut
Gleams on the pillow between us.

O BANQUETE

Seu rosto é escarpado como as montanhas de Marin County
Devastados seus olhos onde meteoritos
                    caíram pelo seu rosto
E a sua pele lisa como as ondas
Palpita contra a palma da minha mão
Pouco se move
                    o terror
                              te toma
Eu chupo
                    seu terror pras minhas entranhas
Eu chupo
                    sua paixão
Bebo suas lágrimas

Nos lugares secos encontro sua raiva
dura como pedra.
Cintila como aço
Não consigo atacá-la.

Alcanço seu fundo.
E puxo. Sua raiva
      tão grande quanto seu punho
Juntos olhamos pra ela, parada ali
      minha coxa
Contra sua barriga. Eu quero cantar
                "Oh mulher esguia como um cisne
                        por sua causa
                        não morrerei."

E a pedra lisa das suas entranhas
brilha entre nós no travesseiro.

ODE TO ELEGANCE

from the Calculus of Variation

AND PRAISE THE GRACE, the elegance of body. Your hands,
flesh of my children, thin giraffes
raising themselves in the sun on distant plains
The elegance of mantis and of beetle
The clear precisions of the shooting stars
colors of water
sounds on the city air
directio voluntatis, the clear will
shining like rubies through the lucid eyes
"the city of Dioce"
long eyes of cats in the grass

the slender elegance of scorpions
lovers of death
flash of the hunting knife
the thin high noise in the air
the breath of Kali
precision of the fingernail on flesh
pastels of Beardsley
pain of a century

that the skin should lie so elegantly on the air
that the black night should penetrate so gently
that treason should shine like stars
the clarity
of dawn, of murder, of the running tide

the subtle stuff of slime, the river mosses
with the light inwoven

ODE À ELEGÂNCIA

do Calculus of Variation

E VIVA A GRAÇA, a elegância do corpo. Suas mãos
carne dos meus filhos, finas girafas
erguendo-se no sol em planícies distantes
A elegância do louva-a-deus e do besouro
Os claros rastros das estrelas cadentes
cores d'água
sons no ar da cidade
directio voluntatis, o claro desejo
brilhando como rubis pelos olhos lúcidos
"a cidade de Dioce"
longos olhos de gatos na grama

a esguia elegância dos escorpiões
amantes da morte
carne da faca predadora
o ruído fino alto no ar
o sopro de Kali
precisão de unha na carne
pastéis de Beardsley
dor de um século

que a pele deve pairar tão elegante no ar
que a noite preta deve penetrar tão suavemente
que a traição deve brilhar como as estrelas
a claridade
do amanhecer, do homicídio, da maré cheia

a matéria sutil do lodo, os musgos do rio
entrelaçados à luz

the elegance of the skull
the phosphorescence of the ending body
exposed to earth to air water or fire
will o'the wisp, a marsh light, star to star
the holy mother of the cremation ground

let us all praise all fleshly consummations
(the elegance of sweat)
initiation
into the burning loneliness of this place
desert of salt
immense intoxication
in this white light
under this rush of wind
all things teem forth like dust motes in the air

that all things send forth love, inanimate
that all these loves have mingled in the air
and set up a great clangor
in the nodes
heart of this sound, this deadly spirit love
a cosmos comes to birth

let the pure pain tear your throat till you spit blood
cry out! rejoice!
that which must come to birth
even the goddessmother cannot dream of

we climb from rung to rung, a circular
undeviating golden, perfect ladder
of ages, long forgotten, to be told
over and over, like a string of prayerbeads

"the ferris wheel has started up again"

a elegância da caveira
a fosforescência do corpo que se acaba
exposto à terra ao ar à água ou ao fogo
fogo-fátuo, luz de pântano, estrela a estrela
a sagrada mãe do campo de cremação

celebremos então todas as consumações da carne
(a elegância do suor)
iniciação
à solidão ardente desse lugar
deserto de sal
imensa intoxicação
nessa luz branca
sob essa rajada de vento
todas as coisas se propagam como partículas de pó no ar

que todas as coisas emanem amor, inanimadas
que todos esses amores tenham se misturado no ar
e gerado um grande ruído
nos nós
coração deste som, deste mortífero amor espiritual
nasce um cosmos

deixa a dor pura partir tua garganta até que cuspa sangue
grita! regozija!
aquilo que está pra nascer
nem a deusa-mãe sonha

nós subimos de degrau em degrau, uma escada
circular e contínua, dourada e perfeita
de eras há muito esquecidas, para ouvir
sem cessar, como o fio de um rosário

"a roda gigante voltou a girar"

ANY DAY NOW

for Andrei Voznesensky

how do you love is the question, and who
and when it comes down from the sky, does it matter
father, friend, daughter; who/ do you love
is the question and where
is the time for this passion, will not emerge
from garden parties, when then
you do love, is it sudden and tough
do you love to love, is it
music, who
and how do you love, did you
love or not love & do you

MAIS DIA MENOS DIA

para Andrei Voznesensky

como você ama é a questão, e quem
e quando isso cai do céu, pouco importa
pai, amigo, filha; quem/ se você ama
é a questão e onde
é o tempo desta paixão, não vai surgir
de festas no jardim, quando é
que você ama então, seria duro e súbito
você ama amar? seria
música, quem
e como você ama, você
amou ou não amou & você ama?

TO MY FATHER

In my dreams you stand among roses.
You are still the fine gardener you were.
You worry about mother.
You are still the fierce wind, the intolerable force
that almost broke me.
Who forced my young body into awkward and proper clothes
Who spoke of his standing in the community.
And men's touch is still a little absurd to me
because you trembled when you touched me.
What external law were you expounding?
How can I take your name like prayer?
My youngest son has your eyes.
Why are you knocking at the doors of my brain?
You kept all their rules and more.
What were you promised that you cannot rest?
What fierce, angry honesty in the darkness?
What can you hope who had preferred my death
to the birth of my oldest daughter?
O fierce hummer of tunes
Forget, eat the black seedcake.
In my dreams you stand at the door of your house
and weep for your wife, my mother.

PARA O MEU PAI

Nos meus sonhos você fica entre as rosas.
Segue o grande jardineiro de sempre.
Teme pela minha mãe.
Segue o vento feroz, a força intolerável
que quase me quebrou.
Que enfiou meu pequeno corpo em roupas incômodas e adequadas.
Que falava do seu prestígio na comunidade.
E o toque dos homens ainda me é um tanto absurdo
porque você tremia ao me tocar.
Que lei externa você estava explicando?
Como posso tomar seu nome por uma prece?
Meu filho mais novo tem os seus olhos.
Por que você está batendo nas portas do meu cérebro?
Você manteve todas as regras deles e mais.
O que te foi prometido que não te deixa descansar?
Que feroz, brava honestidade na escuridão?
O que espera você que preferiu minha morte
ao nascimento da minha filha mais velha?
Ah, o zunido feroz das melodias
Esqueça, coma o bolo de sementes pretas.
Nos meus sonhos você fica à porta da sua casa
E chora pela sua esposa, minha mãe.

FOR THE DEAD LECTURER

We must convince the living
that the dead
cannot sing.

– LeRoi Jones

THE DEAD CAN SING
and do
muttering thru beards of old vanilla
malteds, soft shoe
loving, the tin noises of cheap refrigerators.
I have heard you creaking
over the roof at night to steal my books
coming in thru the telephone wires
just when my head
was empty
When Milarepa & other Tantric wisdom
was clambering thru my skull
suddenly again your bumpy face
in my arms
the rags of your winter clothes
hitting my broken windows
(who else would have stolen the Poems of
John Skelton
of Tu Fu
or Thomas Traherne
Who else left that aroma
of pot & sweat, tobacco smoke & beer
((tears))
on my sofa?)

PARA O CONFERENCISTA MORTO

Devemos convencer os vivos
que os mortos
não podem cantar.
– LeRoi Jones

OS MORTOS PODEM CANTAR
e cantam
murmurando pelas barbas de baunilha maltada
velha, amando
de sapatilhas, os barulhos metálicos das geladeiras baratas.
ouvi seus estalos
sobre o telhado à noite vindo roubar meus livros
entrando pelos fios do telefone
justo quando minha cabeça
estava vazia
Quando Milarepa & outros saberes Tântricos
escalavam meu esqueleto
de repente de novo seu rosto empolado
em meus braços
os trapos das suas roupas de inverno
batendo em minhas janelas quebradas
(quem mais teria roubado os Poemas
de John Skelton
de Tu Fu
ou de Thomas Traherne
Quem mais deixa aquele cheiro
de erva & suor, fumaça de tabaco & cerveja
((lágrimas))
em meu sofá?)

You dead sing now, thru your eyes,
they push up jade trees
they start
out of the skull of your daughter
asleep in my arms
and why not talk of these things
are we less faithful than bisons
or giraffes?

I'll tangle my crest with yours, like scorpions
and kill you for love
I'll kill you yet
so your song can fill my life.

Os mortos cantam agora, pelos seus olhos,
eles erguem árvores-de-jade
eles partem
do crânio da sua filha
que dorme em meus braços
e por que não falar dessas coisas
somos menos fiéis que os bisões
ou as girafas?

vou emaranhar minha crista na sua, como escorpiões
e matá-lo por amor
ainda vou matá-lo
assim sua canção completará minha vida.

TO THE SPECTRE OF THE LECTURER, LONG DEAD

Why it shd all
come clear to me now: betrayal
I sit here, elbows
                                        leaning on thighs
legs spread, stomach hangs thru them
full, slightly painful
                              I look at
the flesh my hands are: thinking
you probably havent aged/
                                                  at all,
                        I wd be ashamed
to face you: lines
                              around my eyes
low breasts &, just now
bigbelly for the fifth time,   I go
over it, in this S.F. room,
                                              big fog
coming in, grey sky, grey street, shouts
of black kids, playing late, now
8 yrs after & for the first time it comes as pain
comes clear
                    what I walked out on
To turn one's back on love
                                            & walk away
like Casablanca,
                            I hear the roar
of yr pain/ my pain that I never
touched, or acknowledged,
                                            my hands
pressed over eyelids, hair short too
not at all
                  what you remember

PARA O FANTASMA DO CONFERENCISTA, HÁ MUITO MORTO

Por que td isso
me vem tão claro agora: traição
Eu sento aqui, cotovelos
                                        apoiados nas coxas
pernas abertas, barriga pendendo entre elas
cheia, ligeiramente doendo
                                              olho
pra carne que minhas mãos são: penso
você provavelmente não envelheceu/
                                                            nada,
                          Eu teria vergonha
de te encarar: linhas
                                        ao redor dos meus olhos
peitos caídos &, logo agora
barriguda pela quinta vez,   passo
por isso, nesse quarto em S.F.,
                                                    maior neblina
entrando, céu cinza, rua cinza, gritos
de crianças pretas até tarde brincando, agora
8 anos depois & pela primeira vez isso me vem como dor
está claro
                 o que abandonei
Dar as costas ao amor
                                          & ir embora
como Casablanca,
                              ouço o rugido
da sua dor/ minha dor que nunca
toquei, ou reconheci,
                                          minhas mãos
pressionando as pálpebras, e os cabelos curtos
nada daquilo
                        que você se lembra

BIOLOGY LESSON

It's sinister how everything comes alive
in the summer: on my light-table now,
        one small flea-like creature, doing backwards jumps
        one flat thing, looking rather like a date-pit
        with lags; one fly (?) with strip-ed wings

downstairs the compost garbage grows pink mold
every night, over whatever I threw away
the day before: weird smell, too; if I leave the cornmeal open
a field mouse, or equally tiny creature leaves droppings
on its top, after eating a gigantic meal

something lives in the wall of my bedroom, is never home
except on rare occasions (rainy nights)
the whole place practically crawls
        the green moist chilly warmth yin air
        busy as hell, the whole thing coming together
all over the place

they were dead wrong about no spontaneous
generation

AULA DE BIOLOGIA

É sinistro como tudo ganha vida
no verão: agora na minha mesa de luz
        uma criaturinha feito uma pulga pula de trás pra frente
        uma coisa achatada, feito um caroço de tâmara
        com pernas; uma mosca (?) de asas listradas

lá embaixo um bolor rosa cresce na composteira
toda noite, sobre qualquer coisa que eu descarte
no dia anterior: um cheiro estranho, também; se deixo o fubá aberto
um camundongo ou outra mini criatura deixa seus dejetos
ali em cima, depois de comer um banquete

alguma coisa vive na parede do meu quarto, está sempre fora
exceto em raras ocasiões (noites chuvosas)
é como se o lugar inteiro rastejasse
        o ar úmido verde quente fresco yin
        lotado como o inferno, tudo ganhando forma
por todo lado

eles estavam tão errados ao negar
a geração espontânea

TRAVEL POEM FOR SHEP

leaving on a ten day trip
I get back in bed
for the warmth & to feel
your body against mine

when the time comes
how will I leave this world

at once & without
looking back?

POEMA DE VIAGEM PARA SHEP

partindo numa viagem de dez dias
volto pra cama
pro calor & pra sentir
seu corpo contra o meu

quando minha hora chegar
como vou deixar esse mundo

de uma vez & sem
olhar pra trás?

Este livro foi impresso na gráfica Eskenazi,
em papel pólen natural 80 g/m^2 e cartão 250g/m^2
e composto em Garamond Premier Pro.